Ayuda a los jóvenes

Lada Josefa Kratky

Al nacer, muchos animales se parecen a su mamá. Este cordero se parece a su mamá, la oveja. Necesita la ayuda de su mamá para vivir.

El bebé de la jirafa se parece
a su mamá. Al nacer, no se cae.
Sus patas largas lo sujetan.

mamá. Este tiene las orejas largas.
Necesita mucho a su mamá.

Los bebés del jabalí no se parecen mucho a su mamá. Es porque tienen rayas de color café. Su mamá ya no tiene esas rayas.

El elefantito sí se parece a
su mamá. Tiene las mismas
orejas bien grandes. Su mamá
y sus tías lo ayudan. Le enseñan
de todo.

El bebé del hipopótamo también se parece a su mamá. ¡Toma la leche de su mamá debajo del agua! Es el mejor desayuno para el bebé.

El cachorro del coyote se parece a su mamá. Y parece que le gusta jugar. ¡Su mamá le enseña todo lo que debe saber!